KB242405

사라진 꽃잎

사라진 꽃잎

초판 1쇄 발행 2026년 4월 10일

지은이 | 김지원
만든이 | 이한나
펴낸이 | 이영규
펴낸곳 | 도서출판 그린아이

등록 연월일 | 2003. 12. 02.
등록 번호 | 제2-3893호
주소 | 서울특별시 은평구 녹번로 6-11, 201호
전화 | 02)355-3035 팩스 | 031)965-4679
이메일 | gmh2269@hanmail.net

ISBN 979-11-91376-68-5(03810)

사라진 꽃잎

김지원 제10시집

그린아이

사라진 꽃잎

피어 있는 꽃잎은 하늘에 속하고
떨어진 꽃잎은 땅에 속하고
사라진 꽃잎은 그리움에 속한다.

2026년 봄
김지원

차 례

차 례

제2부
강을 건너려면

|작품 세계|

제1부

기러기 울음

기러기 울음

비누는 제 몸을 녹여
더러움을 씻고

걸레는 제 옷자락을 들어
누추함을 닦는다

아, 가을이다!

상강의 기러기 떼가 떨어트린 울음 한 방울
영혼을 청량케 하는.

꽃들의 언어

모란이 피었다
큰 대접 속에
봄을 가득 담아

별꽃이 피었다
온 들판 가득
반짝이는 우주를 담아

오랑캐꽃도 피었네
온 생애 가득
누명을 뒤집어서 쓴 채.

가는 봄

봄날은 가네
봄빛도 따라가네
길목을 지킨들 무엇 하며
옷소매를 붙잡은들 무엇 하리
가슴에 남은 말 다 못하고
애꿎은 꽃잎만 버리고 가네.

발

가장 낮은 곳에 있습니다

가장 어두운 곳에 있습니다

가장 냄새나고 누추한 곳에서
이름도 없이 빛도 없이 서 있습니다

온 생애를 짊어지고 다니던
힘들고 고단했던 삶

작은 흔적으로만 남습니다.

소똥구리

소똥구리 한 마리가
기를 쓰고 소똥을 굴리고 간다

가지고 가 봐야 어차피
똥값밖에 안 나가는 것이지만
누구든 제 똥 삼 년 먹지 않으면
죽는다는 진리를 깨달은 것일까

산 같은 욕심으로
더러는
바다 같은 자비로

가물, 가물, 가물

소똥구리 한 마리가
아득한 영마루를 넘어가고 있다.

망각 연습

사람은 동상을 만들어 경배를 연습하고

새들은 동상 머리에 앉아 배설을 연습하는데

날마다 잠든 것들을 흔들어 깨우는 바람

구름은 온 하늘을 헤매며
망각을 연습하네.

밥상을 보며

밥상을 볼 때마다
거룩한 성찬식이다

생명을 살리기 위해
생명을 버린 것들이 나란히 누워
그의 살과 피에 동참하기를 기다린다

무, 배추, 자반고등어, 갈치
그리고 애호박

그가 내 안에 있다
아니다, 내가 그 안에 있다

문득, 밥상을 보니

그릇마다 가득한
거룩한 십자가.

영역 표시

사람은
눈만 뜨면 말뚝을 박고 금줄을 쳐
영역을 표시하시는데

이따위 부동산!

개들은
오줌을 싸며
영역을 표시하누나.

2월

2월은 다리
새해와 새봄을 연결하는 희망의 고리

따뜻한 바람이 건너오고
햇빛이 건너오고
부푼 가슴들이 살포시 건너와 안기는

아무도 본 사람이 없고
발걸음 소리 들은 이 없지만
잊어버린 사랑을 고백하는 달이여

만약 2월이 없었다면
서로 그리워할 뿐
만날 수 없었으리라.

밥

모든 것은 밥이다

진리가 무엇인고 하니 밥이다

정의가 무엇인고 하니 밥이고

자유가 또 무엇인고 하니 밥이다

전쟁도, 평화도, 뜨거웠던 사랑의 맹세도
모두 한 그릇의 밥

세상의 모든 빗자루를 들어
밥그릇을 다 쓸어 버린다 해도
끝까지 남은 건
역시 밥이다.

감사기도

주여,
감사합니다
한 사람을 위하여 천하에 가을이 오게 하신 것을

한 사람을 위하여
밤새 낙엽에 색칠을 하시고

둥근 달을 중천에 띄우시며

벌레들이 풀포기를 붙들고 울게 하시니.

빚(2)

나는 빚진 자입니다

나도 모르게 살면서 진 빚이
태산을 이루었습니다

내가 잠든 사이
은밀히 쌓이던 빚
방황하고 괴로울 때
살며시 찾아오던

평생을 갚아도 갚을 수 없는 빚이
눈덩이 같습니다

빌린 자에게 갚지 않고
빚진 자에게 갚아야 하는
이상한 탕감법칙

나는 행복한 채무자입니다.

생명교본

그가 쓴 책은
알파벳 문자가 아닙니다
고립어도, 교착어도 아니고
수메르 점토판
설형문자는 더더욱 아닙니다

그가 쓴 책은
원시 상형문자

물소리,
새소리,
바람 소리,
풋냄새 가득한
살아 있는 그림책

계절마다 색색의 옷을 갈아입는
총천연색 활동사진입니다.

못

못은 늘 가슴에 못을 박고 있다
가진 것이라고는 머리와 몸통뿐

폭력으로 이지러진 머리는
밤새 별빛에 빛나고
한번 정해진 자리는 움직일 수 없는
진리

태양을 멈추게 할 수 있다
달을 머물게 할 수도 있다

종일 성화를 대도 마찬가지

스스로 불안한 세상이 되어
천길 낭떠러지에서
잠시 눈을 붙이기도 하지만

날이 새면 다시 슬픔 위에 스스로 못질하는
가슴에 박힌 못이다.

불

최초로 그의 몸에 불을 지른 것은
자신이었다

항상 마른 장작개비처럼
한 톨 수분도 없이
팽팽하게 긴장했던 생애

맹렬한 불길은 재가 되기까지
스스로를 주체하지 못하였고

자신만 태우는 것이 아니라
주변에 있는 모든 것들을 불살랐다

불이 붙지 않을 때는
옹기점 연기가 되어 끝없이 피어올랐고
결국 모든 인화물질을 사른 후
스스로 자진했다.

컴퓨터에게

아침부터 컴퓨터가 말썽이다

이렇게 해 봐도 안 되고
저렇게 해 봐도 마찬가지

포맷을 다시 하란다
복구는 불가능하단다
모든 자료는 다 날아갈 것이란다

모든 것이 한순간에 날아가다니!

그래, 나도 바람이지만
결국 너도 바람이었구나.

가을 들녘에서

한 해가 저물어가는
가을 들녘에서
옷깃을 여밉니다

저녁 종소리가 들려올 때
일손을 멈추고 고개를 숙이던
저 '밀레'의 그림 속 농부들처럼
두 손을 모읍니다

이 해에도 당신의 인자하심으로
넘치는 날들이었음을 고백합니다
빈들에 씨를 뿌릴 때부터
추수단을 거둘 때까지의
빈자貧者들의 시간

이제 대지는 힘겹게 매달았던
땀의 열매를 쏟아 놓은 채
먼 타국에서 돌아올 주인을 기다리는

충성된 종처럼
문을 열어주려고 기다리고 있습니다

철새들은 허락하신 시간표대로
하늘길을 운행하며
천하 범사에 기한이 있음을 알리고
때를 따라 우로를 내려주셔서
선한 결실기를 주신 측량할 수 없는 은혜로
하늘은 높아만 갑니다

이제 우리는 위대한 결실 앞에
모든 것을 내려놓은 채
지극히 작은 자로 서 있습니다

단 한 번 이별의 노래를 부르는
저 깊어가는 들녘에서
삼가, 당신께서 주실 새로운 시간을 기다립니다.

골목길

골목길에는 수줍은 것들이 있다
내성적이어서 큰길로 나설 수 없는
부끄럼 타는 것들의 세상

한 줌 바람이 모여
잔기침을 내려놓고 가고

오래된 가로등 불빛
쓸쓸한 그림자들이 추억을 풀어놓는 곳

어디서 와서 어디로 가는지
모르는 시간들이
도시의 실핏줄 같은 풍경을 찾아 떠난 뒤
미처 떠나지 못한 온기들끼리 모여
한 식구가 되는 곳

모래성을 쌓고 놀던 아이들의 목소리가 낮달로 뜨고
기웃거리다 떠난 바람이
구멍가게에 전하고 간 이야기들마저 조는
나른한 오후

한적한 도시의 이면도로로 들어서면
큰길로 선뜻 나설 수 없는
부끄럼 타는 것들이 모여
오래된 정물화처럼 보듬고 사는
세상이 있다.

눈眼

눈 속에는 온도가 있다
따뜻하다가 싸늘하게 식거나

아니면
차게 내려가 이내 얼어붙은
수은 온도계 눈금 같은 것이
미세 단위로 표기되어 있다

뜨거운 눈빛이
싸늘하게 식을 때도 있다

반대로
차가운 얼음이 이글거리며 불타오를 때도 있다

종적을 알 수 없는 자취
끓어오르다 넘쳐
닭똥 같은 눈물을 흘리기도 한다

한동안 쥐 죽은 듯 고요하다
돌연 생기가 돌기도 하고
하루에도 몇 번씩 뒤바뀌는 변화무상한
일기예보

예측은 불가능하다

눈을 뜰 때부터 눈 속에는 미지수가 들어 있다
어떤 지진계도 감지할 수 없는
미세한 흔들림
비밀한 진앙지가 내장되어 있다.

맹학교 풍경

맹학교 정문에서는
봄을 알리는 뻐꾸기가 웁니다

귀로 보고,
손으로 읽고,
발로 만지는 감격으로
세상을 건너는 아이들은
늘 정숙 보행을 합니다

쿵쾅거리며 뛰지 않습니다
헐레벌떡거리지도
불안한 층간 소음도 만들지 않습니다

땅 아래는 벌레들이 살고 있어
무례하지 않게 건너는 법을 배웁니다
함부로 땅을 밟는 것도 죄가 되는 것을 압니다

길을 갈 땐 함께 가는 사람들의 거침돌이 되지 않기 위해
기러기처럼 납니다
앞서가는 자는 뒤따르는 자의 앞길을 막지 않기 위해
숨소리도 고릅니다

항상 돌다리도 두들겨보고 건넙니다.

유언

내 수분은 바람 속에 날려보내라

심장의 뜨거운 온기는 햇빛 속으로 복귀시키고

남은 살점들을 흙에게 던져주어라

자잘한 기억들일랑 망각의 강으로 흘려보내고

그래도 남은 것이 있거든

끝까지 돌려보내라.

그림을 보는 법

그림을 볼 땐 거리가 필요해
가까이서 보면
행방이 묘연하지만
몇 발자국 물러서면
선명한 모습으로 다가오는

그림을 볼 땐 알맞은 키가 필요해
까치발을 들거나
너무 고개를 숙일 필요 없이
가득하나 흘러넘치지 않은
그윽한 눈높이가 필요해

눈을 한 번 깜박일 때마다
눈 밖에 나기도 하고
눈 안에 들기도 하는

그림을 볼 땐 인내가 필요해
아무리 작은 목소리라도 다 들을 수 있는
사랑이 필요해.

시간의 횡포

시간이 담합한다
과거와 현재와 미래가 한통속으로
독과점獨寡占 횡포다

매점매석 일삼는 불공정거래

그렇다고 안 쓸 수도 없는 일
피해는 고스란히 소비자의 몫이다.

시간의 투신

시간이 임금인상을 요구한다
시간이 시간외수당을 달라며
굴뚝농성을 벌인다

붉은 머리띠를 하고
타워 크레인 꼭대기에 올라
아슬아슬 매달려 있다

어느 하늘빛이 유난히 청명한 날
시퍼렇게 날서 푸르던 날

동해물과 백두산이 마르고 닳도록
애국가 첫 소절을 부르고

악을 쓰다 쓰다
드디어 뛰어내렸다

잠시 시간이 멈추는 순간.

하늘에는

하늘에는 바다가 있는 것이 분명하다
가을이면 파랗게 점점 깊어지는 것을 보면

하늘에는 강이 있는 것이 분명하다
밤이면 말없이 은하수가 흐르는 것을 보면

하늘에는 개울이 있는 것이 분명해
항상 흰 구름이 둥둥 떠다니는 것을 보면

아아, 눈에 보이지 않지만
하늘에는 우리들 마음을 촉촉이 적셔줄
그 무엇이 있는 것이 분명하다
자고 나면 수풀 가득 이슬이 내리는 것을 보면.

선행학습

모든 사람은 수인이다
자기가 만든 감옥에 갇혀 사는

모든 발길은 결정되었다
자기가 가는 방향으로

모든 사람은 세뇌되었다
먼저 배운 것으로.

제2부

강을 건너려면

강을 건너려면

어둔 강을 건너려면
몸을 물에 맡겨야 하네

허우적거릴수록
더 깊은 곳으로 빠져들지만
힘을 빼고,
다시 힘을 빼고,
나를 부정否定해야 살 수 있네

명절 끝날 외치던 생수의 강이거나
성전 문지방에서부터 나오는
강물이거나
능히 건너지 못하는 강을 건너려면
나를 버려야 하네

내 생각과 방법으로
그리고 내 능력을 버림으로써
얻을 수 있는

아, 세상과 늘 반대되는 원리

깊고 푸른 강을 건너려면
죽음으로써 다시 사는 진리를 터득할 때까지
물결에 흔들리는 법을 배워야 하네.

눈물학교

눈물학교가 없네
가르치는 사람도 없고 배우는 사람도 없네
세상에 태어나 맨 처음 배운 언어
자음 모음 필요 없이 품은 소리만 내는
진실학교가 없네

배고파도,
몸이 아파도,
무섭고 불안해도,
진실을 말하면 다 뜻이 통하는 만국 공통 언어
그러나 오랜 가뭄으로 동, 서, 남, 북
땅들이 거북 등처럼 갈라졌지

병원에서 처방받은 눈물 몇 방울로
하루하루를 연명하지 않으면
눈도 뜰 수 없는 가난한 세상

하늘에서 땅에 던져졌어도 슬퍼하지 않고
땅에서 하늘로 솟구쳐도 애곡하지 않는
메마른 시대

삽이나 곡괭이로 판들 무엇 하리
눈물샘을 얻으려면 굳은 심령을 파야 하네.

청평산 가는 길

청평산 가는 길에
헉헉대며 가는 저 먼 발치 끝에
세상이 가물거리고
한참을 기다려 정신을 가다듬어도
온통 망초꽃 희미한 기억이 흐드러져 있고
키 큰 명아주풀 옆에
강아지풀, 비름나물, 쥐오줌, 도둑놈각시풀 들이
석양을 바라보고 있다
기울어져 가는 것들은 저렇게 아름답거늘
우리는 왜 누런 시름만
땅바닥에 내려놓고
세상을 바라보나

키들거리며 어깨를 마주하며
한때의 바람처럼
세월은 낯설게 다가오고
산다는 것은
그저 하루에도 몇 번씩이나

한숨이나 그리움으로 채우는 빈 공간뿐인데
한참 물소리 따라 올라갔다가
물소리 따라 내려오는 길
어디선가 불어오는 바람에
저 켜켜이 젖은 물빛 풀꽃들이
깜박이며
다시 즐겁게 목청을 높이다가도
헤어질 때쯤에는
기약도 없이 만나자고
바람개비 같은 얼굴들을 나부끼고 있다.

빛과 어둠

그가 두 경계를 지으시고
다시 두 경계를 허무시다

빛 속에서 눈을 뜨고
어둠 속에서 눈을 감는 것들이 있다
반대로 어둠 속에서 눈을 뜨고
빛 속에서 눈을 감는 것들이 있다

어둠 속에서 눈을 뜨면 빛이고
빛 가운데서도 눈을 감으면 어둠인데
눈을 감아 비로소 얻는 안식
눈을 뜸으로 얻는 자유

어둠이 빛의 다발을 밤새 붙들고 있다
아침이면 푸른 들판에 풀어놓고
빛은 어둠을 잉태했다가
밤이면 어둠의 알갱이들을 촘촘히 해산解産한다

빛이 없으면 어둠은 슬픔에 잠긴다
어둠이 없으면 빛은 눈물이고
탄식이다

아! 놀라운 조화다
모든 것이 한 손으로 지으신 바 된.

이 세상 어딘가에

만일 이 세상 어딘가에 하늘땅만 한 곳간이 있다면
한여름 뜨거운 바람을 모았다가
추운 겨울에 조금씩 꺼내 쓰면 좋을 텐데

만일 이 세상 어딘가에
하늘땅만 한 곳간이 있다면
겨울철 차가운 바람을 가득 채워놓고
무더운 여름에 조금씩 내다 쓰면 좋을 텐데

만약 이 세상 어디에
하늘땅만 한 저수지가 있다면
한여름 쏟아지는 빗물을 모아두었다가
가뭄에 시달리는 목타는 사람들에게 보내주면 좋을 텐데

아아, 아무것도 보이지 않는
깜깜한 절망 중에도
이 세상 어딘가에 하늘땅만 한 그 무엇이 있다면
좋을 텐데.

하늘 양식

자기 백성들을 위해 친히 준비하셨습니다
의로운 자나 불의한 자에게 다 주시고
공평히 예비하셨습니다

날마다 거두게 하심으로
날마다 새로워지게 하셨고

자기 식량대로 거두게 하심으로
믿음의 분량대로 부족함이 없게 하셨습니다

제육일에는 곱절을 주셔서 안식을 예비케 하셨지만
제칠일에는 허탕을 치게 하여
정해 주신 날의 은총을 알게 하셨습니다

세월은 가고
만나를 먹었던 사람들은 모두 세상을 떠났습니다
그리고 광야와 같은 세상에서 새로 태어날 세대에게
하늘 양식이 되기 위해 다시 세상에 오셨습니다.

다시 흑암 속에서

세상이 어두울수록 주술呪術이 많습니다
짐승들이 많을수록 사냥꾼들이 들끓고
허탄한 묵시가 조회 수 수위首位를 달립니다
회칠한 무덤의 구독자가 무량수가 되면
마귀들의 콘텐츠 제작에 도움이 되겠지요

제철 만난 사냥꾼들은 올무를 놓고
사방에 능력의 방석을 자랑하는 자가 차고 넘칩니다
거짓 수건은 찢어도 찢어도 돋아나는 요술램프
가끔은 천사 속에 마귀 있고
마귀 속에 천사 있어 혼란스럽습니다

좌익보다 무섭고
우익보다 강한
이익利益이 날개를 치며 비상합니다

아아, 눈물이 마를 때까지 흘려도
눈이 상하도록 아파도
제 발등에 불이 떨어질 때까진 천지 분간 없이 헤맵니다

다시 흑암과 혼돈이 되었습니다.

아들에게

아들아
몰두하는 자는 노예가 되고
탐욕을 부리면 포로가 되리라
먼저 학습된 것이 너의 올무가 되고
너를 지배하리라

삼가 불의를 버리라
그리하면 네가 그를 다스리고
소유하면
그가 네 왕이 되리라

내 아들아!
자유하고 또 자유하라

만약 메마른 광야가
소리쳐 부르거든

가라
험산준령 넘어
아무도 너를 어쩌지 못하는 생명의 경계까지.

드림이 되면

하찮은 무교병이라도
구별해 드리면 거룩해진다

무엇이든 불문하고
드림이 되면 성물이 된다

장소를 드리면 성소가 되고
물을 드리면 성수가 되고
흙먼지 가득한 땅바닥도 성지가 된다
밭 갈던 보습도 어느덧 성체로 변하고
꼬깃꼬깃 때 묻은 돈도
거룩한 대속금으로 바꾸어져

부정하다고 낙인찍힌 나귀도
정결한 짐승으로,

시커먼 마음을 드리니 정결해져
냄새나는 인간이 향기를 뿜다니!

알 수 없는 일이다
드림이 되면 일어나는 비밀은.

소제素祭

고운 가루가 되기까지
빻고 또 빻아도
남은 것들이 있습니다

아직 부서지지 않은 것들을 부서지게 하시며
깨어지지 않은 것들을 깨어지게 하셔서
나를 빚어
당신의 형상을 만들어 주십시오

공물을 드립니다
첫 이삭을 바칩니다
땅의 모든 소산이 당신께 있음을
천하에 알리는 시간

사실,
당신 것을 당신에게
다시 드리는
아름다운 질서일 뿐입니다

기도의 향연을 피워 올립니다

누룩처럼 부패한 것들을 버리게 하시고
하얀 소금으로만 남은 정결한
한 영혼을 드립니다.

지하철에서

지하철을 탄 자들은
한결같이 손바닥에 몰두해 있다

이름하여 손바닥 귀신
모두 머릴 물에 박고 있다
목하 다신교를 섬기는 중이다

부르면 재빨리 대답하고
지시하면 지체없이 시행하고
미로를 헤맬 때 갈 길을 찾아주는
손가락 장난 한번 칠 때마다
오만 가지 것을 다 쏟아내는 요술 상자

머릴 물속에 몰입한 자들은
물아지경物我之境이다
독경 중인 자도 있다
황홀경에 빠진 자도 있다

그들은 알고 있는지 모른다
이미 익숙해진 것들은 형벌이 아닌 것을.

선과 악

두 사람은 서로 자리를 바꾸어 앉았다
아간은 선민에서 이방인으로
라합은 이방인에서 선민의 자리로

알 수 없는 일이다
민족을 배신하고
자신은 살아남은
그 모호한 경계는

죄가 무엇인고 하니
바람에 흔들리는 갈대

거짓을 들은 아담은 실족하여
자자대대손손 죄인을 낳고
거짓을 말한 라합은 구원의 반열에 올라
의인이 되는 기이한 일이다

무엇인가
때로는 악이 선이 되기도 하고
선이 악이 되기도 하는
알 수 없는 비밀은.

기드온의 잠언

역사는 세 개의 바퀴를 가지고 있다
타락과 심판과 회복
타락과 심판과 회복
그리고 끝없이 이어지는
타락과 심판과 회복

죄명은 망각이다
구형은 사형
선고는 집행유예

더 나은 제단을 위하여
도끼로 옛 제단을 헐라

새로운 제단을 위하여
칠 년 된 수소를 드리고
그보다 더 나은 것을 위하여
네 자신을 드리라

네 연약함을 자랑하라
네 이름이 바뀌리라
전능자를 의지하라
네 양털이 이슬에 젖으리라

다시 네 의심을 시험하라
그리하면
사방은 젖고
양털만 마르리라.

입다의 말

입다가 입을 다물고 있다
꼭 무엇인가
말을 해야 할 시간에
말을 하지 않은 채
말을 아끼고 있다

아무도 자기 말에 대해
책임을 지지 않은 시대

지상에는 언어를 혼잡케 하는 형벌이 임하고
딸을 제물로 드림으로 약속을 지킨 입다는
드디어 경전이 되었다

짐승들이야
몇 마디 언어로
평생 살아가는 데 부족함이 없지만
수많은 말로도 부족하여
피 흘리는 시대

누에는 쓴 뽕잎을 먹고도 고운 비단실을 토하는데
향기론 과실을 먹고도 쓴소리를 내는 것은
사술인가
아니면 사신 우상의 죄인가

네가 기생의 아들이냐
네 말이 옳도다

네가 잡류들의 두목이냐
네 말이 옳도다.

룻

정처 없는 자들은
대개 갈 바를 알지 못하고 길을 떠난다

룻이 캄캄한 어둠 속을 걷는다
나침판 하나 없이
연약한 등불을 의지한 채
천년 동안 풀리지 않는 매듭을 지고
아무도 밟지 않은 낯선 길을 간다

세상의 모든 길은 전인미답의 길

짐승들은 제 어미를 떠날 때 미련을 두고 가지만
인간들은 미련을 버리고 간다

짐승들은 제 어미의 가슴에 기대어 자라고
인간들은 제 어미의 가슴을 짓밟고 자란다

그는 과연 현숙한 여인이요
일곱 아들보다 나은 자인가

삶이란 때론 머뭇거리는 일
요단 동편과 서편 사이
애굽과 가나안 사이
오르바와 나오미의 길 사이에서

방황의 끝은 보이지 않는다

모든 것은 변하는데
변하지 않는 것을 찾는 그의 길은
때론 무모한 도전이었을까

무엇이 섭리인지
예정은 섭리를 낳고
섭리는 다시 예정을 낳고
불빛 하나 없는 아득한 등고선을 헤매던 그는
마침내 산 자들의 어미가 되었다.

참회록을 위하여

알 수 없는 일이다

일백이십 년 집행유예 기간을 살리지 못하여
타락한 세상은 홍수가 집행되었고
소돔성 역시 불과 유황으로
롯의 처는 소금기둥형에 처해졌지만
다윗은 참회의 눈물로
선고 효력이 상실되었으니

긍휼하신 손길이여
감히 높은 곳에 있는 자가
낮은 곳에 있는 자에게,
상전이 하인에게
머리를 숙여 호의를 베풀다니!

더구나
아비의 죄를 자손에게 주어 대를 잇게 하고
모친이 죄중에 잉태하였던

연좌제를 폐지한 것은
은혜다

우슬초로 정결케 할 것인가
다시 일천 번제를 드릴 것인가

이제 간음한 자에게 천벌은 내리지 않을 것이다
불의한 일을 밥 먹듯 해도 삼 벼락은 내리지 않을 것이다

병들었어도 아파하지 않는 시대
다만,
눈물의 참회록은 깨어 있는 자들의 몫이다.

성전건축

살아간다는 것은
성전 짓는 일

사십육 년 대역사의 울력이거나
움직이는 성전이거나
건축자들의 버린 돌이
모퉁이의 머릿돌이시다

매일 네 속에서 일어나는
거듭남의 토목공사

금이나 은으로 짓든,
나무로 짓든,
지푸라기로 짓든
때가 되면
각기 공력이 나타나리라

바람이여
어디서 와서
어디로 가는가
소리는 있으되 잡히지 않고
보이지 않되 흔적을 남기는
비밀이여

살아간다는 것은
날마다 성전 짓는 일

삶의 마지막은
준공검사 받는 날.

이십사 반열에게

하늘이 높고
땅이 낮은 것은
차이가 아니라
조화입니다

이십사 반차가 차례로 수종드는 것은
섬김을 쉬지 말라는 뜻이요
혼자 하는 것이 아니라
함께 하라는 말씀입니다

섬기는 동안
낮아짐으로
높아지는 법을 배웁니다

버림으로
다시 얻는 법을,
가난함으로
부요해지는 법을 배웁니다

가까이 갈수록 아득해지는
그 나라는
세상과는 늘 반대입니다.

히스기야를 기다리며

하늘에서 떨어진 빗방울은
만물을 씻을수록 더 맑게 흐릅니다
흙탕물도 시간이 지나면 스스로 가라앉아
환하게 얼굴을 보여 줍니다

세상이 목마르면 이슬비가 내리고
하늘이 목마르면 폭우가 내립니다
홍수 땐 물이 없어 기갈이 아니라
마실 물이 없어 기갈입니다

일찍이 말씀하시길
개구리 같은 세 더러운 영이 나온다 했는데
지금이 그때이고
그때가 지금인가요

추락한 별들의 이름은 쑥이고
쑥물로 인해 많은 사람이 죽어가는데
일곱 가지 재앙도 알고 보니
물의 타락입니다

사람과 건물이 자리를 바꾸어 앉았습니다
빛과 어둠이 뒤섞이고
바알과 맘몬이 짝을 이루며
혼합주의 통로를 타고 옵니다

알 수 없는 일입니다
직분이 계급이 되고
수신數神만 남다니!

다윗이 인구 조사를 해
다시 삼 일간 온역을 선택했는지
바야흐로 왕관을 쓴 마귀가 온 세상을 휘젓고 다닙니다

불의한 일도 웃어넘기면 은혜가 되고
지적하면 율법주의자가 되는

정의가 하수같이
공법이 물같이 흐르는 세상은
이미 물건너간 것일까요

흙탕물도 시간이 흐르면
명경지수가 되거늘
세상은 자정 능력을 상실한
음녀들뿐입니다

그러나
절망이 나부끼는 우울한 날엔
성전 동편 광장으로 오십시오

히스기야가 올 때까지 기다려야 합니다
히스기야는 아직 오지 않았습니다.

문門

밤마다 나는 죽는다
아침마다 나는 다시 산다

삶은
죽고 다시 사는 연습

수천만 번의 시행착오 끝에
비로소 열리는 문門.

낙심치 말라

사랑하는 아들아
낙심치 말라
때로는 즉각적이지 않을지라도
기다리면
지체될지라도 이루리라

너희 대적은
외부에서 온 것이 아니라
네 안에 있는 것

핍박을 두려워 말고
오히려 안일을 두려워하라

어디에나 있는
산발랏과 도비야를 경계하라
환란이 와도 의아하게 생각지 말라
이는 빛으로 인하여 어두움이 드러날까 함이니
마지막 나타날 네 믿음의 증거니라

악한 일은 충동으로 오고
선한 일은 감동으로 오는 법

거룩한 무리와 하나 되어
성벽을 쌓으라
그들이 네 성벽이 되리라
네가 감동을 받으면
그들도 감동을 받으리라

부디 세속에 물들지 말라
이것을 네 마음판에 새기고, 새기고
또 새기라
이것이 옳으니라.

이름 없는 이름

그는 이름이 없다
오직 바람으로 나타날 뿐

손도 발도 자취도 보이지 않고
아득한 전설로만 남는다

지상에는 도금양桃金孃 꽃이 피고
천상에는 광명한 새벽별
깨어 있는 자는 별의 언어를 들었고
연약한 자들은 꽃의 은택을 입었지

누가 그를 보았는가
소문만 무성한
신출귀몰
항상 묘연한 자취다

어찌 보면
햇빛 같고, 달빛 같고

자고 나면 진 사면에 내리는 이슬 같은

무엇인가
어디에서나 볼 수 있고
아무 곳에도 없는 것들은.

금의환향錦衣還鄕

옷이 날개다
지상에서 천상을 향해 나는 새들에게는

금의환향!

삶이란
굵은 베옷을 벗고
세마포 옷으로 갈아입는 일

역사는 항상 옷으로 시작하여
옷으로 끝난다

때론, 비단옷을 입고
밤길을 가는 것 같지만
슬퍼 말라
세마포 옷은
구름 속에서 만나는 황홀

밤을 잊은 천사들이 씨줄과 날줄로
한 올 한 올 길쌈하던
하늘나라의 피륙

비록 대궐문에 들어가지 못하고
재에 누운 자 많을지라도

슬픈 날에는 기뻐하고
곤고한 날에는 생각하라

굵은 베옷은 세마포 옷의 어머니
지상에서 천상으로 향하는
새들의 날개인 것을.

욥 전傳

불행의 시작은 늘 은밀했다
시간도 눈치채지 못한 창백한 그림자를
드리우고

마귀는 항상 편견과 세뇌의 종자從者
먼저 학습된 것들은 배반의 깃발을 들고
분별없이 흔들어댔다

가르침을 받아야 할 사람들이
가르치는 자리에 서고

회개해야 할 사람들이
회개를 외치며

낮아져야 할 사람들이
높아져
가증한 것들이 거룩한 곳에 선 시대

중상과 모략은
영혼을 파괴시키는 살상무기
물을 수도 없고
물어도 대답이 없는
장엄한 침묵이 두려울 뿐

우월감에 도취된 자들이
제 세상을 만난 듯 내는 소음은
소리도 없고 곡조도 없으니
인내는 삶의 미덕인가
고난은 자유를 위한 은총이었을까

만일 육체 밖에서 그를 볼 수 있다면
결국, 죽음도 희망이 되는 것은 아닐까.

말세 훈訓

사람들의 왕래가 빨라질 때
생각하라
우리가 선택한 지름길이
얼마나 많은 시간을 단축시켰으며
얼마나 큰 그늘을 만들었는가를

보라
바람은 제 길이 만들어지길 기다려 불고
빛은 어둠이 자리를 내어줄 때까지 인내하며
노을은 하루의 끝자락을 붙들고
초저녁 별이 돋아나도록
서두르지 않는다

인고의 시간은 길고
쾌락의 시간은 빠르나니

생각하라
여태껏 편리하게 살기 위해
얼마나 불편한 삶을 살아왔는가를.

다시 희망으로

새해 아침에
꿈을 꾼다
지난 시간들이
온통 절망으로 가득했을지라도
희망이란 이름으로
다시 꿈을 꾼다

이 단어마저 없었더라면
막막하기만 했으리
순백의 천사들이
시공을 훨훨 날아다니는
꿈같은 세상

질병과 고통이 사라지고
사망이나 눈물이 없는
살맛 나는 세상이 마침내 이루어지기를
기도한다

사자가 소처럼 풀을 먹고
어린아이가 독사 굴에 손을 넣고 장난쳐도
물지 않는
아, 다시는 사망이나 곡하는 것이 없는
이사야가 꿈꾸던 세상이
마침내 이루어지기를
학수고대한다

해가 바뀌자
습관처럼 일어나
두 손을 모은다
어둠이 사라지고
회복의 역사가 임하기를!

매양 그런 줄 알면서도
희망이란 이름으로
다시 꿈의 잔해를 붙들고 기도한다.

| 작품 세계 |

박이도
감성의 정서와
깨달음의 신앙심이
아우른 시편들

김 석
시로 그린 그리움의 세계

조신권
수평적 차원 너머를
바라보는 시선

감성의 정서와 깨달음의 신앙심이 아우른 시편들

-시인 김지원 목사의 시적 변용

박이도
시인, 경희대 명예교수

시인 김지원 목사의 서정시에 담긴 신앙시편들을 살펴보자.

필자는 굳이 특정 시인의 작품에 신앙시, 종교시라는 등 한정지어 개념화하는 것을 바람직하지 않다고 생각한다. 그냥 아무개의 시, 서정시, 서사시 등으로 부르고 싶다.

그러니까 김지원의 시 속에서 신앙시라고 여겨지는 작품을 감상해 본다는 것이 적절할 것이다.

소설가 이광수 씨는 "자기가 열렬한 신앙의 경험이 있다면 반드시 시나 기타의 형식으로 발표되어야 할 것이니 만일 발표되지 아니한다면 그 신앙의 경험은 법열法悅로나 비통한 회한悔恨의 열루熱淚로 고백할 만한 정도에 달치(도달치) 못한 것"이라고 지적한 적이 있다.

어떤 고백

이제 보지 않아도 됩니다
듣기만 해도 좋습니다
손가락으로 확인하지 않아도 됩니다
두 번 나타나지 않아도,
나를 사랑하느냐 묻지 않으셔도 됩니다
보는 것에서 믿는 것으로 충분합니다
다시 오실 그날을 그리워하는 것만으로도 만족합니다.

「어떤 고백」은 자신의 신앙적 정체성을 직설적인 화법으로 개진한 작품이다. 확고부동한 믿음의 자세를 보여준다. 하나님을 믿고 의지하는 절대적인 신앙고백이다. 더 이상 예수님의 존재, 즉 부활하신 사건을 보고, 만져보지 않아도 된다는 화자의 신실한 신앙심이 배어난다. 연역적 방법으로 풀이한다. "보는 것에서 믿는 것으로 충분"하며 "다시 오실 그날을 그리워~"할 뿐이라는 신앙의 정서가 한 편의 서정시를 낳은 것이다. 이 작품은 김현승의 「절대 신앙」을 연상케 한다.

"당신의 불꽃 속으로/나의 눈송이가/뛰어듭니다//당신의 불꽃은/나의 눈송이를/자취도 없이

품어 줍니다"〈김현승의 「절대 신앙」 전문〉

문門

밤마다 나는 죽는다
아침마다 나는 다시 산다

삶은
죽고 다시 사는 연습

수천만 번의 시행착오 끝에
비로소 열리는 문門.

「문門」의 주제는 신앙에 관한 고백이다. 좁은 문으로 들어가라는 예수님의 말씀에 순종하는 자세에서 구성된 상황. 믿음으로 "수천만 번의 시행착오 끝에/비로소 열리는 문"으로 들어가겠다는 화자의 서원이 아닌가. 하나님 나라에 가기 위해서는 "삶은/죽고 다시 사는 연습"을 날마다 수행해 가야만 하는 것이다. 이 작품도 「어떤 고백」처럼 직설 화법으로 단순명료하게 내면의 상을 보여준다.

광야에서

하늘의 별을 보고
바닷가의 모래알을 보고 꿈꾼다
아브라함같이

둘러선 곡식단을 보고
해와 달과 열한 별을 보고 꿈꾼다
채색 옷을 입은 요셉처럼

젖과 꿀이 흐르는 땅을 바라보며
주신 언약을 굳게 믿고 꿈을 꾼다
그 옛날 히브리인들처럼

광야길 피곤한 노정에서
지치고 고단한 삶의 끝에서
우리 모두는 꿈을 꾼다
한 마리 새가 되어 영원을 향해 날아가는.

이 작품은 구약 창세기에 하나님의 말씀대로 진행되어간 역사적 인물들의 행적을 통해 영생의 본향으로 가기를 염원하는 시적 화자의 서사록敍事錄

이다. 끝까지 믿음의 삶을 산 아브라함 등 역사적 인물들과의 통섭을 통해 신앙적 깨달음과 지향점을 기원하고 있다.

시적 감동의 정서와 신앙적 깨달음의 정서는 본질적인 차이가 있다. 이를 범박하게 융합해 감성지수를 제고할 수 있다. 이 문제에 관해 자크 마리탱의 견해는 다음과 같다.

"시적 체험이나 신비의 체험은 양자가 다 그 본성이 서로 다르기는 하지만 서로 영혼의 가까이에서 전前개념적 또는 초超개념적 활력의 생생한 원천 안에서 태어난 것이다"(자크 마리탱(김태관 역)의 「시와 미와 창조적 직관」에서)

「광야에서」 등 일련의 시편을 통해 본 시인 김지원 목사의 시적 표상에는 호교적 목적의식이 없다. 자신의 내면적인 순연한 신앙심의 발로發露로써 시적 포용성을 제고하고 있다.

시인 김지원 목사는 『현대시학』으로 등단하였다. 저서로는 시집 『다시 시작하는 나라』 등 9권, 수필집 『달빛산책』 등 3권이 있으며, 창조문예문학상, 기독교문화예술대상, 한국크리스천문학상, 목양문학상 등을 수상하였다.

시로 그린 그리움의 세계

―김지원 시인의 삶과 신앙의 휴머니즘

김 석 시인

글은 그리움으로 그린 그림이라는 말이 있다. 특히 이 말은 시의 경우, 시로서의 잘된 구조(시의 사상과 정서의 조화)의 경우가 여기에 해당된다고 필자는 생각하고 있다. 또 이 말은 독자의 입장으로 바꿀 경우 좋은 시를 대할 때의 시가 주는 평온함과 희열을 두고 한 말이라고 보아도 좋으리라.

『현대시학』을 통하여 등단한 중견시인이며 현직 목사라는 사제의 직분을 맡고 있는 김지원 시인은 지금까지 9권의 시집을 상재하였고 여타 합동 시집도 간행하는 등 활발히 활동하고 있는데 그중에서 『지상에 남은 마지막 희망』이란 시집을 중심으로 5월의 푸름이 닫혀 있는 내 방이지만 투명한 새벽에 읽어보았다. 이 시집은 1부 청평산 가는 길,

2부 어머니의 바다, 3부 너, 4부 촛불 등 네 부분으로 이루어져 있는데 필자가 보는 견해로는 1,2부는 시인이 경작하고 있는 삶의 공식인 부드러움으로 돌아오고, 그것은 결국 나를 돌아보기 위한 떠남과 출발이어야 한다는 시편들이 주류를 이루고 있으며, 3,4부는 시인이 일상의 몸을 담고 있는 사제의 위치에서 바라보는 시인의 고뇌와 사제라는 위상에서 본 세상 속에 섞여 있는 나와, 나를 바라보기 위해 더욱 낮아짐으로의 삶을 다짐하는 삶의 위상이 잘 나타나 있다. 이런 두 가지의 조화라는 점에서 이 시인이야말로 비평가 휠라이트가 말했듯이, 시와 종교와 신화는 한 나무의 가지들이라는 비유에 해당되고 있는 시인이며 이 시집은 그런 시편들로 구성되어 있음을 보게 된다.

먼저 1,2부에 나타나 있는 시들 중에서 필자가 보기에 시인이 바라보고 있는 삶의 보편적인 가치가 점진적으로 잘 형상화되어 있는 「청평산 가는 길」을 예로 들면서 이 시인이 그의 내면에 간직하고 있는 따스하고 애정 어린 인간애와 사람들의 잔잔한 비애의 삶을 엿보려고 한다.

청평산 가는 길에
헉헉대며 가는 저 먼 발치 끝에
세상이 가물거리고
한참을 기다려 정신을 가다듬어도
온통 망초꽃 희미한 기억이 흐드러져 있고
키 큰 명아주풀 옆에
강아지풀, 비름나물, 쥐오줌, 도둑놈각시풀 들이
석양을 바라보고 있다.
기울어져 가는 것들은 저렇게 아름답거늘
우리는 왜 누런 시름만
땅바닥에 내려놓고
세상을 바라보나

키들거리며 어깨를 마주하며
한때의 바람처럼
세월은 낯설게 다가오고
산다는 것은
그저 하루에도 몇 번씩이나
한숨이나 그리움으로 채우는 빈 공간뿐인데
한참 물소리 따라 올라갔다가
물소리 따라 내려오는 길
어디선가 불어오는 바람에

저 켜켜이 젖은 물빛 풀꽃들이
깜박이며
다시 즐겁게 목청을 높이다가도
헤어질 때쯤에는
기약도 없이 만나자고
바람개비 같은 얼굴들을 나부끼고 있다.

—「청평산 가는 길」 전문

이 시에서 제목으로 쓰고 있는 「청평산 가는 길」에서의 청평산은 이 글의 시인뿐만 아니라 우리 세대의 사람들이 유년기에 만났던 맑고도 낭창거리는 그런 아늑한 산으로 한정하면서 이 시의 정서에 대한 나의 느낌을 분석해 보려고 한다. 나아가 이 산은 시인만이 추억 속에 깊이 간직해 놓고 있는 산이면서 지금 우리가 떠돌며 살아가고 있는 도시에서도 그리 멀리 떨어져 있지 않은 산이라고 상정해 놓아도 좋으리라. 그리고 군데군데 철조망이 녹슬고 그린벨트라는 팻말이 붙어 있지 않으면서도 사람들의 소리가 지나치게 크게 들리거나 너무 많은 사람들이 밟아서 발자국이 질편하지 않은 산으로 한정하여 두고 싶다. 그러나 이 산은 우리의 심신이 피곤할 때에는 언제나 마음만

먹으면 자유롭고 호젓하게 걸을 수 있는 산으로 생각의 한계를 그어 놓고 보려고 한다. 이 산길을 시인과 이 시를 감상하고 있는 필자나 시를 사랑하는 독자가 함께 걸어가고 있다고 생각하면 이 시를 이해하는 데 더욱 친근하게 접근할 수 있을 것이다. 이 청평산에는 그 산의 맑고 밝은 이름처럼 유년시절의 들판이나 야산에서 만났던 망초꽃, 키 큰 명아주풀 옆에는 강아지풀, 비름나물, 쥐오줌, 도둑놈각시풀 등 석양 속에서 기울어가는 것들의 아름다움이 시들어가고 있다고 시인은 쓰고 있다. 그리고 이렇게 죽음으로 말라져가고 있지만 가벼운 그리움으로 말라가고 있는 것들의 아름다운 향기를 그려내고, 시인은 일상의 때가 묻은 자기애라는 것을 드러내어 그것을 우리의 누런 시름만 땅바닥에 내려놓고 있는 것과 대비시키고 있는 것이다. 예컨대 솔로몬의 영광으로도 저 들꽃 하나만 못하였다는 영원한 진리를 자연의 빛을 통하여 시인은 증명하면서 고개를 끄덕거리면서 걸어가고 있다. 그리고 이 산은 깎아지름과 기울기가 지나치지 않은, 서정적 자아는 헉헉거리며 걸어가기도 하지만 청평산은 일상의 헉헉거림이라는 균형 잃은 삶 속에서 나의 한계를 체득케 하는 정도의 균형감각을 일깨우고 유지시켜 주는 능선이 하나 둘쯤 있는 산길이라 해도 좋을 것이다. 이렇게 어느 정도의 거리에서 나를 살펴볼 수 있는 그 길 위에는 하찮은 아름다움의 것들이 흐드러지게 피어 있음을 보게 된다. 이런 길을 세상의 사람들은 걸어가더라도 힘의 질서에 따르며 살아가는 사람들은 그런 것들을 뭉개 버리거나 나의 억지와 힘의 과시를 드러낼 뿐이다. 그러나 시인이며 사제의 신분인 시인은 이 자연의 작은 질서 속에서 절대자의 섭리 안에서 나를 보고 삶의 외경을 보고 있는 것이다.

이와 같이 사물과 나의 병치 위에서 이해를 동양의 지혜자들은 나와 대상이 같은 목적 아래서 하나라는 뜻의 이물관물以物觀物이라는 말을 쓰고 있다. 즉 살아가면서 발에 밟히고 치이는 하찮은 잡풀들을 통해서 피조물인 나와 사람의 한계를 체득하게 된다. 이런 이물관물의 태도를 가지고 나와 사물에 대하여 인식의 눈을 뜨게 되었을 때 우리의 삶은 태어나서 살다가 죽음으로 끝이라는 무신론의 허무를 극복하게 되고 "종교는 죽음으로부터"라는 역설의 미학과 사람은 살고 죽는 것이 아니라 왔다가 가는 것이 사람의 길이라는 것을 알게 될 것이다. 그리고 나아가 정직한 사람과 신앙인의 바른 고백인 "삶이란 갔다가 다시 오는 것이 참다운 휴머니티"라는 부활의 푸른 메시지를 보여주고 있는 시인의 사제 정신이 이 시 속에 담겨 있음을 독자들은 보게 될 것이다.

다음은 이 시집에서 무게 있게 다루어지고 있는 기행시들 중의 한 편인 「리가스피에 가면」을 살펴보려고 한다. 김지원 시인은 그의 시집의 자서自序 「나의 시 나의 리듬 살리기」의 두 번째와 세 번째 글에서 다음과 같이 이 시에 대한 배경과 느낌을 적어놓고 있다. "날이 밝으면 밤새 퍼붓던 비구름들은 멀리 마욘 화산 위로 물러나고 맑은 빗물이 고인 들판에는 한가로이 소들이 풀을 뜯고 어디선가 하얀 학들이 날아와 파란 들판에 정물처럼 꼿꼿이 서 있었다. 밤새 내리던 빗줄기의 리듬. 나는 묘하게도 낯설기만 한 그곳에서 오랫동안 망각 속에 묻혀 있던 유년기의 빗소리를 기억해 내고 있었다. 나는 보았다. 햇볕 속에 빛나고 있던 외로움, 땡볕 속에 서 있던 푸른 적막감을. 인적이 끊긴 무성한 풀잎 사이로 쏟아지던 한낮의 고요, 그리고 어딘가 모르게 끝없이 이어지던 창백한 길들을. 한 중년의 사내가 맨발로 길을 가고 있다. 검게 탄 피부에 남루한 옷차림, 사오십 대는 됨직한 아낙이 두 딸을 데리고 야자수 우거진 길을 걸어오는 것을 보았다. 헝클어진 머리카락에 메마른 몸매. 푸차오를 지나던 길이었던가. 고갯길을 넘어가는 곳에 가게가 있었다. 그곳에는 새카맣게 아이들이 창살에 매달려 있었다. 내가 살던 유년시절에도 유난히 무료하기만 하였다. 하루 종일 기다려도 땡볕만 내려쪼일 뿐 하얀 신작로 위에는 사람 그림자 하나 보이지 않았다…"

그러나 시인이 말하는 이 리가스피 마을은 멀리 마욘 화산이라는 불을 품은 마음의 활화산이 마을의 위에 있다는 상징을 염두에 둘 필요가 있다. 여기서 시인의 「리가스피에 가면」이라는 시의 전반부를 감상해 보기로 하자.

어느 고즈넉한 날
쌍발 프로펠러 비행기에 몸을 싣고
한 식경쯤 달려
마욘 화산 위를 날아가면
리가스피 사람들이 있다

언젠가 본 듯한

다정한 얼굴들이 있고
눈웃음이 있고
출렁대는 작은 행복이 있다
밤만 되면 어김없이 퍼붓는
리듬도 없는 빗줄기며
개구리, 지렁이, 달팽이, 박쥐, 도마뱀 등
생명이 소리 지르는 오만 가지 것들이
어우러지는 그곳에 가면
가도 가도 끝없는 야자나무 사이로
야자나무 지붕이 있고
맨발 벗은 아이들이 있고
나른하고 느린 평화가 잠들어 있다

리가스피에 가면
(후략)

—「리가스피에 가면」

위에서 대략을 살핀 시집의 전반 1,2부의 시들이 시인으로 살아가면서 느낀 삶의 태도가 휴머니티라는 다정다감함으로 드러난 것이라고 한다면 후반의 3,4부는 시인이 영적인 삶의 버팀목이 되고 있는 사제직에서 정련精鍊한 작품들이라고 볼 수 있다. 그러나 이 뒷부분을 그저 신앙시라고 필자가 말하지 않는 것은 지금까지의 단순한 숭모崇慕로의 찬양이라는 신앙시의 단순성을 지양하고 삶과 신앙을 육화해 놓은 곳에 있다. 또 사제직을 가진 이들이 잘못 함몰되고 있는 감상을 극복하는 곳에 김지원 시인의 신앙시로서의 새 지평과 가치가 있다고 할 것이다.

그것은 벽이다
피곤하고 지친 여정에서 돌아와 바라보는
따뜻한 불빛이며
온갖 허물을 감싸주는 보료다

때때로 세상에서 가장 긴 팔이 되어
남은 구석까지 찾아와
푸른 남루를 벗겨주며
주린 창자에 떡이 되고 밥이 되고
마침내 그 무엇이 되어 따뜻한 국물을 흘려주던
한없이 뛰어들어도 닿지 않은 바다

깨지고 부서지고 함몰된 것들의
희망과 평화

그것은 모든 것들을 삼켜버린다
더러는 배반의 칼을
더러움을, 사망권세를
젊은 사자의 입보다
더 완강한 입으로 단숨에
삼켜버리고
마침내 크고 광대한 문을 열어
천지가 하나되는 길을 말하던
크고 장엄한 바다

아아, 죽음의 골짜기를 건너 한없이 불어오던
길고 부드러운 생명의 바람.

-「사랑」 전문

시의 제목이 되고 있는 '사랑'을 '그것은 벽이다'라는 은유로 시작되고 있는 이 시는 그 다음 행의 '불빛', '세상에서 가장 긴 팔', '희망과 평화', '불의를 감싸고 삼키는 광대한 문'으로, 결국은 바람 같은 생명으로 이어놓고 있다. 그렇다. 심지어 종교계까지 사랑의 나와 나와 관련된 종파라는 것으로 한정하고 있는 이기적인 사랑이 팽배하고 있는 것이 지금의 실상이다. 이런 현실을 종교가 바르게 인식해야 하고 종교의 존재 가치는 이타적이어야 하고 그 넓이와 깊이가 결국은 바람처럼 막힘이 없어야 한다는 기독교가 가지고 있었던 본래의 사랑을 회복해야 할 사명을 시인은 이 시를 통하여 다시 천명해 놓고 있는 것이다. 나는 이 글에서 사제직에 몸담고 있으면서 시를 쓰고 있는 시인의 "지상에 남은 마지막 희망"을 시인으로서의 정직성과 따뜻함이라는 관점에서 훑어보았다. 마지막으로 좀 더 기독교의 본질을 깊이 있게 취급하고 있는 시를 하나 더 들면서 이 글을 맺으려고 한다.

옷깃을 여미세
먼 곳에서 오신 이를 위해
높은 곳에 있는 자는 낮은 데로
낮은 곳에 있는 자는
더 낮은 곳으로 오게
마음을 추스르고
몸도 추스르세
집을 떠난 자는 집으로
고향을 떠난 자들은
그리운 고향산천으로 돌아오게

손에 키를 들고 오실 이를 위해
자기의 타작마당을 정하게 하고
알곡과 쭉정이를 가르시는 이를 위해
무너진 길을 닦고
대로를 수축하세

바람같이 오시는 이를 위해
물결같이 오시는 이를 위해
잉태된 여인에게
해산의 고통이 이름같이
홀연히 오시는 이를 위해.

—「대강절 서시」 전문

대강절은 성탄절에 앞서 오는 절기이다. 「대강절 서시」는 우선 옷깃을 여밀 줄 알아야 참다운 탄생의 즐거움을 알게 된다는 종교인의 바른 자세와 신앙심의 출발을, 더욱 낮아지고 낮아져야만 하는 신앙인의 겸손의 중요성을, 그런 다음 키를 가지고 알곡과 쭉정이를 가르기 위해 바람과 물결같이 오시는 이를 위하여 준비해야 하는, 신앙인이면 꼭 알아야 할 당위성을 쓰고 있는 것이다.

수평적 차원 너머를 바라보는 시선

조신권
문학평론가, 연세대 명예교수

서언

김지원金知元 시인은 1967년 『광주일보』에 시 「촛불」을 발표하였고 1986년 5월과 1987년 9월 『현대시학』을 통해 전봉건 시인의 추천으로 등단하였으며, 같은 해 11월에 『현대문학』에 작품을 발표한 이후 본격적으로 작품 활동을 시작한 시력이 근 40년 이상 되는 수발秀拔한 시인이다.

그런데 그가 쓴 작품의 면면을 살펴보면 시인 목사가 아니라 목사 시인으로서 더욱 돋보인다. 김지원 목사 시인의 참 스승은 누구일까? 어떤 인간 누구보다 그의 스승은 성경이요 성경의 원작자이신 하나님이라고 생각한다. 제6시집인 『시내산에서 갈보리산까지』라는 표제가 이미 제시하듯이, 이 시집은 이집트, 이스라엘, 요르단 등 기독교유적지를 순례하고 쓴 시 60편을 담은 시집이다.

이 시집 머리말에서 그는 이런 말을 하고 있다. "구태여 성지라는 표현을 쓰지 않고 기독교유적지라고 한 것은 하나님께서 지으신 곳은 어디든 성지며 거룩한 땅이라는 생각에서다. 온 우주를 다스리시는 범우주적 구원의 역사를 제한적 공간에 두는 것 자체가 잘못이며 성지란 단지 성육신한 장소로서의 한시적 개념만 유효할 뿐이라고 보기 때문이다."[1] 그의 공간관이 이러할진대, 그의 최종적이고도 궁극적인 스승은 보혜사保惠師, 즉 연약한 인간들을 보호해 주시고 인도해 주시며 가르쳐 주시며 영감을 주어 성시를 쓰게 하고 그들로 하여금 그의 거룩한 공간과 시간 안에서 체험한 진실된 사실과 인상과 기억들을 시적인 언어로써 형상화하게 하는 성령 하나님이시다. 그는 언제나 '코람데오Coram Deo', 곧 하나님 앞에 서서 부끄러움 없이 하나님의 영광을 위하여 글을 쓰는 목사 시인이라는 말이다. 미켈란젤로가 어느 날 대리석 원석 그대로 방치되어 있는 대리석 가게에서 허락을 받고 그 대리석 원석을 가져다 그 대리석으로 '피에타'라는 작품을 만들었듯이, 김지원 목사

1) 김지원 제6시집 『시내산에서 갈보리산까지』(서울:도서출판 한글, 2007), 5.

시인도 일종의 돌과 같은 일상과 자연 속에 갇혀 있는 시적인 소재를 신학적 관조의 눈으로 살피고 거기서 시를 끄집어내는 그런 시인이다. 이런 특색 있는 시들을 다 다룰 수가 없어서 몇 편의 시만 임의로 뽑아 해설하면서 그의 시 정신을 살펴보겠다.

김지원 시인의 생애와 작품세계

김지원 시인은 1948년에 천석꾼으로 부유했던 아버지 김석찬金錫贊 씨와 어머니 정안나鄭安羅 여사 사이에서 4남 2녀 중 장남으로 전라남도 영암읍 교동리 383번지에서 태어났다. 초등학교 2학년까지 광주광역시 사동에서 살다가 할머니의 와병으로 귀향하게 되었고, 한때 정부미 대행사업을 하시던 아버지의 사업 실패로 가세가 기울어진 후 아버지가 공무원으로 근무하시게 된 영광으로 초등학교 6학년 2학기 때 전학하여 영광초등학교를 졸업하였고, 영광중학교를 거쳐 광주 숭일고등학교를 졸업하였다. 중학교를 졸업할 때, 웅변으로 문화상을 받았고, 서상敍上한 바와 같이, 고등학교 시절엔 교내 백일장에서 해마다 시와 수필로 장원을 차지하여 문학적인 재질에 대한 평가를 받았다.

조선대학교 주최 전국고교생 현상문예콩쿠르에서 고교 1학년 때 단편소설 「막차」로 입선한 것을 시발로 광주시내 백일장에서도 여러 번 입상하기도 하였다. 당시 학생들 잡지인 『학원』에 작품을 발표하였고, 또한 『삼남교육신문』 등에 여러 편의 시를 발표하기도 하였으며, 이때 광주에서 활동하던 소설가 백시종과 교우하기도 하였다. 학교에서는 문학적인 재능을 눈여겨본 선생님들이 이름 대신에 "어이, 김시인"이라는 별칭으로 부르기도 하였다. 교내 문학동인지 『지아池雅』의 회장을 맡았으며, 범고교생 문학 동인인 『석류』의 멤버로도 활약을 했는데, 당시 석류동인으로는 김종과 송기원, 김성빈, 김만옥, 김준태, 송명호 등이 있었다.

1971.9.4.-10.까지 서울에서 시화전을 개최하였으며, 1978.8. 월간 『생명샘』이라는 교계 잡지에 「가야바의 뜰」, 「베드로 행전」, 「구스타프 노래의 슬픔」이라는 시 등을 발표하였다. 1982년에 안양대학교 신학과를 졸업하였고, 1984년에 목사안수를 받았다. 1988년 연세대학교 연합신학대학원을 수료하였으며, 미국 페이스 신학교에서 명예 신학박사학위를 받았다. 서상敍上한 바와 같이, 1986.5. 『현대시학』에 「잔설」, 「날치에게」, 「숲의

나라」 등의 작품으로 추천이 되어 『현대시학』을 통해 등단하였으며, 『현대문학』에 작품을 발표하기도 하였다. 1997년엔 한국목양문학회 회장을, 1999년엔 서울북노회장을, 2003년엔 한국크리스천문학가협회 회장을 역임했다. 특별히 그는 기독교 문학의 저변확대를 위하여 1999년 김지향, 이향아, 김석, 양왕용, 이탄, 박이도, 신규호, 김소엽 등과 크리스천 12시인을 결성하고 성경서사시집을 간행하였다. 그 밖에 교회에서 사용할 수 있는 행사시, 절기시를 지금까지 지속적으로 창작해 오고 있다.

김지원 시인이 받은 상으로는 제3회 목양문학상(1997), 제16회 한국크리스천문학상(1999), 제4회 (사)기독교문화예술대상(2005), 제5회 창조문예문학상(2009) 등이 있으며, 한국기독교성령 100주년 대회에서 기독교문학인으로 선정되기도 하였다.

시집으로는 『다시 시작하는 나라』(1995), 『몽고지방에 사는 사람들의 말 속에는 몽고반점이 있다』(1997), 『지상에 남은 마지막 희망』(2001), 『열하루 동안의 부재』(2005), 『시내산에서 갈보리산까지』(2007), 『가고 다시 오지 않는 바람』(2008), 『남은 그리움을 너에게 보낸다』(2013), 『너무 긴 하루』(2020), 영역시집으로 원응순 역 『함몰된 것들의 평화』(The Peace for the Collapsed, 2006) 등 9권의 시집이 있으며, 합동시집으로 『새 예루살렘의 노래』(1997), 『12시인이 지은 외투 한 벌』(2003), 4인 시집으로 『천년 그리움으로 떠 있는 섬』(2019) 등이 있으며, 수필집으로는 『빗줄기의 리듬』(2015)과 『이상한 풍향계』(2021), 『달빛산책』(2023) 등이 있다.

김지원 시인의 작품세계는 서상한 바와 같이 보편적 신앙적인 삶이나 자연을 통해서 지각하거나 인식한 체험들이 세월과 융합하면서 이루어진 우리 인간의 진실들과 초월적인 인지들이 다양하게 표출되거나 형상화한 것이라 할 수 있다.

신학적 관조로 일상 너머를 바라보는 시선

김지원 목사의 시를 대했을 때 떠오른 단어는 나의 뇌리에 새겨 두었던 '관조'라는 말이다. 전에도 나는 관조라는 말을 자주 써왔다. 그러나 그 관조라는 말에 '신학적인'이라는 관형사가 첨가되니 그 힘이 더 강화된 듯한 느낌이다. 이런 의미로 하나님의 신성한 흔적과 심오한 풍경을 밝고 따스하게 직관하는 그의 「사랑」이란 시를 감상해 보자.

그것은 벽이다/피곤하고 지친 여정에서 돌아와 바라보는/따뜻한 불빛이며/온갖 허물을 감싸주는 보료다//때때로 세상에서 가장 긴 팔이 되어/남은 구석까지 찾아와/푸른 남루를 벗겨주며/주린 창자에 떡이 되고 밥이 되고/마침내 그 무엇이 되어 따뜻한 국물을 흘려주던/한없이 뛰어들어도 닿지 않은 바다//깨지고 부서지고 함몰된 것들의/희망과 평화//그것은 모든 것들을 삼켜버린다/더러는 배반의 칼을/더러움을, 사망권세를/젊은 사자의 입보다/더 완강한 입으로 단숨에/삼켜버리고/마침내 크고 광대한 문을 열어/천지가 하나되는 길을 말하던/크고, 장엄한 바다//아아, 죽음의 골짜기를 건너 한없이 불어오던/길고 부드러운 생명의 바람.

-「사랑」 전문

이 시는 5연으로 이루어진, '신학적인 관조'로 바라본 '사랑'을 형상화한 시다. 제1연에서는 우리의 '삶의 벽'이 되어 안전하게 자리하게 하고 위험에서 보호하고 지켜주는 사랑을, 또 인생 나그네로서 살아가며 거치는 삶의 여정은 항상 피곤하고 지치기 마련인데, 그 어두운 삶의 여정에서 돌아왔을 때 지치고 피곤한 인생을 반겨주고 따듯하게 밝혀주는 불빛과 같은 사랑을, 그리고 온갖 허물을 감싸주고 보료처럼 덮어주며 품어주고 안아주시는 그런 사랑을 노래한다. 이런 사랑을 지상에 발붙이고 사는 사람 어느 누구에게서 찾을 수가 있겠는가? 어머니의 사랑조차 이만한 한계에 미치지는 못한다. 이런 사랑은 인간세상에서는 볼 수 없고 천상세계에서나 볼 수 있는 그런 아가페적인 드높고 숭고한 희생적인 사랑이다. 이것이 바로 신학적인 관조의 눈으로 바라본 시적인 사랑의 세계관이라 할 수 있다.

제2연에서는 때때로 천상에서 지상까지 뻗쳐서 닿을 수 있을 만큼 세상에서는 가장 긴 팔이 되어, 그 팔이 닿지 않고 남은 구석까지 찾아와, 세상 사람들이 추구하는 부귀영화와 권력과 영광과 명예를 추구하며 희망과 기대에 부풀지만 결과적으로는 세상 것으로 더럽혀지고 망가진 육체, 즉 모순어법적인 '푸른 남루'를 벗겨주며, 주린 창자에 떡이 되고, 밥이 되고, 마침내는 대속주가 되어 십자가에 달려 국물로 대유된 보혈을 흘리신, 한없이 뛰어들어도 닿지 않는, 바다와 같은 그런 사랑을 노래한다. 일상적인 이미지들을 사용해서 신학적인 관조의 눈으로 바라본 아가페적인 사랑, 곧 그리스도의 구속적인 사랑을 형상화한 것이다.

제3연에서는 깨지고 부서지고 함몰된 것들 곧 절망적인 인간들의 희망과 평화가 되시는 사랑을 노래했고, 제4연에서는 그것은 모든 것들, 칼로 배반한 것이나 그 더러움을, 그리고 사망권세로 환유된 마귀까지도, 젊은 사자의 입보다 더 완강한 입으로 단숨에 삼켜버리고, 마침내 크고 광대한 문, 곧 하늘문을 열어 천지가 하나되어 하늘나라를 이루는 길을 가르쳐주신, 그 장엄한 바다와 같은 깊고 넓은 사랑을 노래하고 있으며, 제5연에서는 에스겔의 해골골짜기와 같은 죄악과 마른 뼈와 해골들로 가득 찬 사망의 음침한 골짜기와 광란의 강을 건너 불어오던 길고 부드러운 생명의 바람, 곧 성령 바람으로 대유된 그 사랑을 노래한다.

이런 사랑은 인간세상과 자연세계 어디서도 찾을 수 없는 그런 사랑이다. 이런 아가페적인 사랑은 신학적인 관조의 눈이 열리고 그 폭이 깊고 넓지 않으면 볼 수 없는 것인데, 그런 사랑을 김지원 시인은 교리나 관념적으로 기술하지 않고 일상과 자연 속에서 늘 볼 수 있는 이미지들을 동원해서 형상화하고 있다. 이렇게 신학적 관조로 수평적인 차원 너머를 바라보는 시선이 돋보이는 작가가 곧 김지원 목사 시인이다. 제7시집 『가고 다시 오지 않는 바람』에 실려 있는 「너는 아느냐」라는 시를 다시 세찰해 보자.

너는 아느냐
먹장구름 비바람이 불어도
그 뒤에
항상 빛나는 태양

때로는 거친 풍랑이
삶을 위협하고
견딜 수 없는 어두운 밤이 올지라도
늘 보이지 않는 손길로 붙들어 주던
부드러운 음성

너는 아느냐
먹장구름 뒤에 빛나는
광명한 나라를.

―「너는 아느냐」 전문

이 시는 3연으로 구성된 시로, 신학적인 관조를 통해 지각되거나 인식된 자연현상 속에 어려 있는 초월적인 존재 양태를 형상화하였다. 먹장구름 비바람과 항상 빛나는 태양을 대비시켜서 현실은 언제나 먹장구름 비바람처럼 어둡고 사나워도 그 뒤에서 움직이는 것은 빛나는 태양으로 환치 대유인 하나님의 존재성과 역동성이라는 것을 알아야 한다는 명제를 '너는 아느냐'고 하는 설의로써 강력하게 요청하며 그 사실을 제시하는 것이다. 먹장구름이 끼고 비바람이 쏟아지는 것은 흔히 볼 수 있는 일상사요 자연현상이다. 시인은 그런 형상인식으로 시를 끝내지 아니하고 신학적인 관조를 통해 먹장구름과 비바람 뒤에 있어서 보이지는 않지만 불가측적으로 역사하고 계시는 하나님의 빛나는 사역을 인식하고 그 진리를 '너'로 환치 대유되는 인간 또는 독자들에게 알아야 한다는 당위성을 제시하는 것이다(제1연).

제2연에서는 험악한 이 세상을 거친 바다로 비유하고 우리의 삶을 일엽편주一葉片舟와도 같은 조각배에 비유하고 있다. 조각배를 타고 항해하는 인간이 때론 거친 풍랑으로 상징되는 환란이나 위험으로 생명의 위협을 받는데, 그것도 낮이 아니라 밤에 겪는 것이라면 오죽하겠는가? 그런 밤에 거친 풍랑을 만나면 견디기 어려울 것은 일상다반사

다. 그런 위기 속에서도 구원의 인자와 인애를 베풀어주시는 존재 하나님을 늘 보이지 않는 '손길'로 환유하고 있다. 손길을 내밀어 구원해 주실 뿐 아니라 "내니 염려하지 말라" 하고 부드러운 음성으로 불러주시며 다가온다는 것이다.

제3연은 수미상관首尾相關 연으로서, 먹장구름 뒤에서 빛나는 존재를 너는 알아야 한다는 것을 강조함으로써 어감을 통합하고 여운을 길게 갖게 한다. '너는 아느냐'라는 시구가 제1연의 첫 행과 마지막 연의 첫 행이 일치하는데, 그것을 수미상관이라 한다. 다만 제1연에서는 먹장구름 뒤에서 빛나는 존재를 '항상 빛나는 태양'이라 한 데 반해, 마지막 연에서는 '광명한 나라'라고 한 것만이 다를 뿐이다. 이렇게 시인은 자연현상을 끌어다 인생살이와 비교한 뒤에 견디기 어렵고 참을 수 없는 상황 아래서도 하나님의 보이지 않는 사역은 계속된다는 것을 보이면서, 그 초월적인 존재를 제1연에서는 '태양'으로, 제2연에서는 '손길'과 '음성'으로, 제3연에서는 '나라'로 변용시켜 낯설게 함으로써 자동화되고 화석화되어 가는 감성을 강하게 일깨우고 있다. 기계화되어 가는 교리를 감성으로 변용시켜 역동성 있게 만든다는 말이다. 이런 시적인 작업은 신학적인 관조의 능력과 수발한 감수성과 상상력이 없으면 불가능하다. 다음 제8시집 『남은 그리움을 너에게 보낸다』에 실려 있는 시 「은혜의 바다」를 더 살펴보자.

낮은 곳으로 가라
그러면 시내를 만나리라
더 낮은 곳으로 가면
강물을 만나게 되고
그보다 더 낮은 곳으로 내려가면
마침내 대양大洋을 만나리라

몸을 낮추고
버리는 자가 만나는
은혜의 바다.

—「은혜의 바다」 전문

이 시는 2연으로 구성된, 몸을 낮추는 겸손과 욕망을 버리는 가난한 자가 이 세상에서는 꿈에도 볼 수 없는 그런 대양 '은혜의 바다'를 만나게 된다는 시다. 하나님이 주시는 은혜를 시내와 강물과 대양에다 비유한 점증법이다. 몸을 낮추면 낮출수록

‘은혜’의 폭이 증대된다는 것이다. 시내에서 강물로, 강물에서 대양으로, 낮추면 낮출수록 점점 더 커지는 은혜를 체험하게 된다는 것을 점층법으로 강화하고 있다(제1연).

제2연에서는 몸을 낮추고 마음의 무거운 죄 짐을 버리는 자가 만나게 되는 것이 ‘은혜의 바다’라 한다. 몸을 낮춘다고 하는 것은 굽신거리거나 비굴하게 설설 기는 것을 뜻하지 않는다. 그것은 겸손이 아니라 비굴한 것이다. 겸손하다는 것은 자신감 결여와는 전혀 다르다. 겸손은 자신에게 한계가 있음을 인정하고, 다른 사람들의 지도와 도움이 필요하며, 혼자서는 무슨 일이든 할 수 없다는 사실을 받아들이는 것이다. 자신이 모든 것을 다루지 못한다는 것을 인정할 때만 이루어지는 덕목이다. 겸손한 마음이면 미지로 가득 찬 미래를 받아들이기 더 쉬워진다. 겸손하면 미래를 섣불리 예측하려는 시도는 하지 않게 된다. 그래서 김시인은 겸손한 자만이 ‘은혜의 바다’라 한다. 일상과 자연현상이라고 하는 수평차원을 다루면서도 그에 그치지 않고 그 너머를 신학적인 관조로 바라다보는 시선을 확보하고 있는 형이상 시인이다.

신학적 경험의 기반과 전제로서의 자연

장소(공간)는 하이데거의 말을 빌리면, "인간 실존이 외부와 맺는 유대를 드러내는 동시에 인간의 자유와 실재성의 깊이를 확인하는 방식으로 인간을 위치시킨다."[2] 이런 점에서 장소는 단순히 지리적 관심의 대상을 뛰어넘어 인간의 여러 가지 양태적인 삶과 그 의식에 관여하는 현상학적인 사건의 자리가 된다. 일찍이 장소에 대한 인문지리학적인 관심을 두고 통찰한 렐프는 인간의 모든 유의미한 행동의 바탕에 장소가 있으며, 그것이 사물이 위치한 '어디'의 공간 개념을 뛰어넘는 사건적인 개념임을 밝혀냈다.[3] 에마뉘엘 레비나스는 장소가 익명의 '어딘가'가 아니라, 하나의 '기반'과 '조건'으로 작용하는 특정한 경험의 전제임을 적시하였다.[4]

논의의 관념의 범주를 넘어서기 위해서 김지원 시인의 「별」이라는 시를 예로 해서 자연의 이미지

---

2) 차정식,『시인들이 만난 하나님』 (서울:도서출판 새물결플러스, 2014),101.
3) 에드워드 렐프 지음,『장소와 장소상실』, 김덕현·김현주·심승희 옮김(서울:도서출판 논형, 2005), 25에서 재인용.
4) 에마뉘엘 레비나스,『존재에서 존재자로』, 서동욱 옮김 (서울:민음사, 2001), 116 참조.

로 형상화된 새로운 신학적인 공간이 그의 시 속에 어떻게 구현되었는지 살펴보겠다.

별이 사람의 길을 인도할 때가 있다
사람의 눈이 어두워졌을 때

별이 사람보다 더 반짝일 때가 있다
사람 사는 세상이 깜깜해졌을 때

별이 사람보다 더 당황할 때가 있다
사람들이 길을 잘못 들었을 때

가다가 머물고
머물다가 피곤한 발길을 재촉하고

별이 사람보다 더 겸손할 때가 있다
누추한 베들레헴 마구간에 이르기까지.

–「별」 전문

이 시는 삼위일체 되시는 하나님께서 인간의 역사와 문화 속에서 하시는 일을 '별'로 환유된 '자연'이라는 공간을 통해 인식하는 제7시집 『가고 다시 오지 않는 바람』에 실려 있다. 제1연에서는 사람의 눈, 즉 인식력이나 분별력이 어두워졌을 때, '별'로 환치 변용된 성령 하나님께서 보혜사保惠師가 되셔서 보호하고 돕고 잘못된 길로 들어서려는 우준한 사람들을 바른 길로 인도하신다는 것이다. 제2연에서는 사람 사는 세상이 죄악이 많고 어리석고 미련해져서 미명未明에 처할 때, '별'로 대유된 성령 하나님께서 또한 밝은 빛으로 계시해 주신다고 한다.

제3연 이후로는 사람들이 길을 잘못 들었을 때, 즉 바른 길로 가지 못하고 죄악의 길로 한없이 빠져들 때 사람들보다 더 당황하고 탄식하는 것이 성부 하나님이시지만, 하나님은 사랑이시기 때문에 인류가 멸망하는 것을 차마 가만히 두고 볼 수 없어서 아들 하나님에게 인간의 몸을 입혀 세상으로 내려보내신다. 말구유로 성육신하신 하나님 예수 그리스도는 완전한 신이면서도 연약한 인간으로 오셨기 때문에 약해지는 때가 있어서 가다가 머물고 머물다가 다시 피곤한 발길을 재촉하시는 것이다. 예수 그리스도가 아버지 하나님과 동일한 신이면서도 그 영광스러운 모습을 버리고 종의 몸을 입고 오셔서 십자가에 달려 죽으셔서 저 무덤까지 내려가신 것 그 자체가 '절대겸손'이다. '별'이라는 자연 공간 속에서 신학적인 속죄의 공간을 찾는 시인의 눈이 경이롭고 경탄할 만하다. 다시 말해서, 예수 그리스도의 '절대겸손'을 보여주는 공간이 거대하고 장엄한 건물이 아니라 '별'로 환치된 자연 속에서 찾으려 한 그 시적인 탐색에 경의를 표한다. 기독교시인들이 지향하여야 할 귀감을 보여준 듯해서 매우 기쁘다.

갈릴리 바다에 부는 바람은
주님의 옷자락이다
갈릴리 바다에 빛나는 태양은
그의 모습이고
푸른 물결 소리는
맑은 물소리와 같은 음성이다
갈릴리 바다에서 스쳐오는 꽃향기는
주님의 체취이고
아름다움은
꽃보다 황홀한 그의 영광이다
어느 것 하나 지나칠 수 없는
갈릴리 바다
이곳이 그곳인가 하여
귀기울여 보면

늘 새로운 것을 말씀하시는.

—「갈릴리 바다」 전문

제6시집 『시내산에서 갈보리산까지』에 실려 있는 이 시는 15행으로 이루어진, 신학적 경험의 전제로서의 자연세계를 형상화한 시다. 갈릴리 바다(호수)는 현재 이스라엘 국가 영역 안에 있으며 북쪽으로는 헬몬산, 동쪽으로는 골란고원이 위치해 있다. 갈릴리는 '담수호'로서 정확한 표현을 하자면 갈릴리 호수가 맞지만 사도 요한이 기록한 요한복음에는 '갈릴리 바다'라는 표현이 등장한다(요 6:1). 마태, 마가, 누가복음에는 갈릴리 호수로 기록되어 있다(마 15:29, 막 7:31, 눅 8:22). 성경에서는 갈릴리 호수에서 심한 폭풍이 일어났다는 표현이 등장한다(마 8:24, 막 4:37, 눅 8:23). 이는 북쪽의 헬몬산에서 불어오는 차가운 바람과 따뜻한 호수의 공기가 상호작용하여 발생하는 것으로 때로는 2m 높이의 파도가 발생한다고 한다. 게다가 갈릴리 호수는 평지보다 200m 낮은 지리적 특성으로 기온차가 급격히 발생하여 커다란 풍랑이 발생할 여건이 충분하다. 이 커다란 갈릴리 호수에서 예수님은 시몬, 안드레, 세베대의 두 아들을 제자로 부르셨고, 풍랑을 잠잠케 하시는 기적을 베푸신 곳으로, '갈릴리 호수'라는 단어를 들으면 먼저 예수님이 떠오르게 된다.

복음서들이 말씀하는 내용 지명을 달리 표현한다든지 혹은 여기저기 나오는 기적과 이사 이야기들은 '교리적 구도'나 '신학적 구도'보다는 '문학적 구도'로 읽는 것이 훨씬 깊이 이해할 수 있을 것이다. 김지원 목사 시인도 갈릴리 바다 둘레에서 사시면서 늘 설교하시고 가리키시던 호수의 풍광을 자연에 빗대어서 읽어냈는데, 그것이 복음서의 문학적 구도를 중시 여기는 증좌라 할 수 있다. 갈릴리 바다에 부는 '바람'을 주님의 '옷자락'(1-2행), 갈릴리 바다에 빛나는 '태양'을 주님의 '모습'(3-4행), 푸른 '물결 소리'를 주님의 '음성'(5-6행), 바다에서 스쳐오는 '꽃향기'를 주님의 '체취'(7-8행), 그 '아름다움'을 꽃보다 화려한 주님의 '영광'(9-10행)으로 묘사했는데, 이는 '갈릴리 바다' 풍광을 주님의 모습과 풍광을 읽어내게 하는 전제나 기반으로 본 것이다. 어느 것 하나 지나칠 수 없는 갈릴리 바다(11-12행)라는 묘사가 곧 그런 단적인 증좌가 된다. 갈릴리 바다 어느 곳을 가든지 주님이 어른거리고 그 어느 곳이나 거룩한 성지요 주님의 흔적이 스며 있다고 보기 때문이다. 이곳이 풍랑을 잔잔하게 하던 그곳인가 해서 귀를 기울이면 새로운 진리와 새로운 모습을 보여주는 다른 곳이라는 것이다. 김지원 목사 시인에게 있어서 갈릴리 바다, 아니 이스라엘 어느 곳이든 성지 아닌 곳이 없고, 신학적 경험의 조건과 기반 및 전제가 되지 않는 곳이 없다. 이와 같이 자연 공간은 신학적 사건이 일어나는 터전이고 신학적 경험을 갖게 하는 기반이 된다. 제6시집 『시내산에서 갈보리산까지』에 실려 있는 시 전체가 문학적 구도 속에서 신학적 경험을 읽어낸 시들이다. 「겟세마네 소묘」라는 제6시집에 실려 있는 시 한 편을 더 살펴보자.

영혼의 기름을 짜는
감람나무 동산
장구한 세월 속에서
홀로 정지해 버린

슬픔으로 잠든 숲 속에는
베드로의 칼에 잘린
말고의 귀가
아직 땅에서 뛰고 있고

잠시도 깨어 있을 수 없더냐
정적만 감도는 숲

돌 하나 던질 만한 거리에서
연약한 육신을 베고
아직도 비몽사몽간에 잠든 세상.

–「겟세마네 소묘」 전문

이 시는 4연으로 구성된, '겟세마네 동산'을 신학적 경험을 전제로 해서 그려낸 복음서의 이야기다. 시의 소재는 마태복음 26장 36-56절의 인유allusion라 할 수 있다. 그런데 그는 가장 비극적인 신학적 사건인 주님의 죽으심의 직전 순간의 고뇌와 그 침묵과 정적을 문학적으로 아주 짧게 그러나 너무나 가슴 저리게 표현하고 있다. 제자들이 잠들고 숲이 잠든 모습을 통해 이미 시험에 들어 넘어 자빠질 인간의 모습을 보여주고 더 나아가 제자들이 잠자는 사건과 예수를 잡으려고 가룟 유다를 앞세우고 온 대제사장의 무리들 속에 끼어 있는 대제사장의 종 말고의 귀를 칼로 자르는 베드로의 사건을 통해서 인간의 연약함에서 오는 예견된 비극적인 결함을 그리고 있다(2연). 그리고 주님이 피와 땀을 흘리면서 외치며 기도하던 장소와 제자들이 잠들어 있는 곳은 돌 하나 던지면 닿을 만한 거리라고 묘사함으로써, 시험과 넘어짐의 조짐과 전제는 신앙 가까이 있음을 보여주는 동시에 아직도 자는 것도 아니고 꿈을 꾸는 것도 아닌 애매모호한 정신상태에서 잠드는 일은 아직도 현재적 존재 현상이라는 것을 공간을 신학적으로 파악해서 제시하고 있다. 그 시선이 놀랍다.

온 우주는 성지다
하나님이 만든 곳이면
어디든 하늘나라

예루살렘이 아니고
유대 땅 베들레헴이 아닐지라도
하나님이 계신 곳이면
그 어디든 가나안 복지
약속의 땅이다

이미 오래전 망각되었거나
지상에서 사라져버린 기억의 한 자락일지라도
은혜로 주어진 곳이면

그 어디나 거룩한 곳
시은소다.

—「성지」 전문

위의 시에서는 서상한 바와 같이 하나님께서 지으시고 하나님께서 계시는 곳은 그 어디나 하늘나라요 약속의 땅 가나안 복지요, 그런 은혜로 주어진 곳이면 어디나 거룩한 곳이요 은혜를 받는 시은소施恩所라는 시인의 성지 의식 내지 신학적인 공간 이념이 가장 잘 드러난다.

짧은 서정 속에 부조된 생명신학 돋보여

김지원 목사 시인의 시는 대부분이 짧고 읽기 편하고 쉬우면서도 서정미가 돋보인다. 짧고 쉬운 시가 다 좋은 것은 아니지만, 짧으면서도 싱싱한 '정감'과 '정갈스러움'과 '경이로움'을 느끼게 하는 시라면, '잔잔한 감동'과 '심금을 울려주는 전율'의 강도를 극대화해 주어서 좋다고 할 수 있을 것이다. 지면상 「낙엽」이라는 시 한 편을 살피는 것으로 논문을 마감할까 한다.

온 산은 빗소리로 가득하다

떨어진 낙엽들만 귀를 열고
빗소리를 듣는다

무거운 짐을 벗음으로
비로소 들리는 소리.

―「낙엽」 전문

이 시는 5행으로 된 아주 짧고 정갈한 시다. 이 짧은 시 속에 자연 정서만 들어 있는 것이 아니라 기독교의 가장 핵심 교리인 죄와 회개를 통한 사죄와 구원이라는 조직신학 또는 교리가 들어 있다. 그러나 그 신학은 석고처럼 굳어버린 형해신학形骸神學이 아니라 살아서 숨쉬는 아주 역동적인 생명신학生命神學이다. 여기서 산이나 빗소리, 그리고 낙엽, 귀나 무거운 짐 등은 단순한 자연 이미지들이 아니라 형이상학적인 진리를 표상하는 상징이라 할 수 있다. '산'은 하나님의 임재 장소이고, '빗소리'는 하나님이 내리시는 '은혜'의 표상이며, 떨어진 낙엽은 불순종으로 원초적으로 타락한 인간의 상징이고, 무거운 짐을 벗는다는 것은 죄 지은 인간이 회개하면 주님께서 용서하시는데, 그 순간 등에 짊어지고 있던 무거운 죄의 짐이 벗겨지면서 눈이 뜨이고 귀가 열려 보이지 않던 하나님을 보게 되고 그의 음성을 듣게 된다는 것이다. 이런 엄청난 조직신학을 단 5행으로 군더더기 하나 없이 묘사해냈다고 하는 것은 너무나 놀라운 일이라 아니할 수 없다. 이런 시들이 너무 많아서 일일이 매거할 필요를 느끼지 않아 이것으로 결론을 맺는다.